後來我們在念想中重逢

ArYU

推薦序

獲邀寫序的那天剛好打風，是香港人夢寐以求的八號波。已經連續三天到機場送機，送的都是由細玩到大的朋友。各有因由，離別時話不多，緊緊擁抱一下說一句再見。這樣的離別儀式，這一年來每個月最少有一次，每次從機場回程時，總是在腦裡重溫我和每一個離開的他的故事，如何開始，有怎樣的經歷，然後過兩天又要應付下一個荒謬的日常。讀了一遍《後來我們在念想中重逢》，這是阿蘇阿花阿咪的故事，也是我們的故事。ArYU 畫中角色的描繪，故事分鏡，對白節奏都非常溫柔。在經歷離別的傷感和掙扎時，她筆下好像有種力量好好承托住。故事主角各有各的故事，深刻記得內容提到離開需要很大的勇氣，但留下來的人需要的勇氣更大。我們能夠做的，就是去好好擁抱還能擁抱的人，好好生活，然後好好期待某天相聚。

香港插畫家　含蓄

序

自從上年開始，總會聽到身邊誰的朋友打算離開、誰的親戚又正在計劃移民之類的消息。直到今年，這些消息的人物漸漸就變成了「我的誰」。我在不同成長階段遇過的人：我的舊同學、舊同事，甚至一些像家人的朋友，都一一離開了。於是這個故事零零碎碎地在我腦海裡拼湊，它沒有很曲折的劇情，卻是滿滿的情感。書中不少片段都是來自自己和朋友的經歷，例如那種希望子女有更好的成長環境，卻對香港情懷和味道依依不捨的心情。

人雖然貌似分離了，不過我仍盼望，世上沒有永遠的道別，這一本畫集收編那些在離離合合之中，我們曾經擁有過的篇章，或許有一天，我們會再次相聚，會更懂得珍惜這份情感。祝願各位平安，未來定會再見的。

第一章

阿花!?
阿咪!?
BIG BOSS!?
為什麼?為什麼你們會在這裡?
你們不是已經死了嗎?

我以為以後再也見不到你們了！
哈哈哈…
太好了！
呀呀呀呀～～～
怎麼回事？
是誰在那邊大叫？

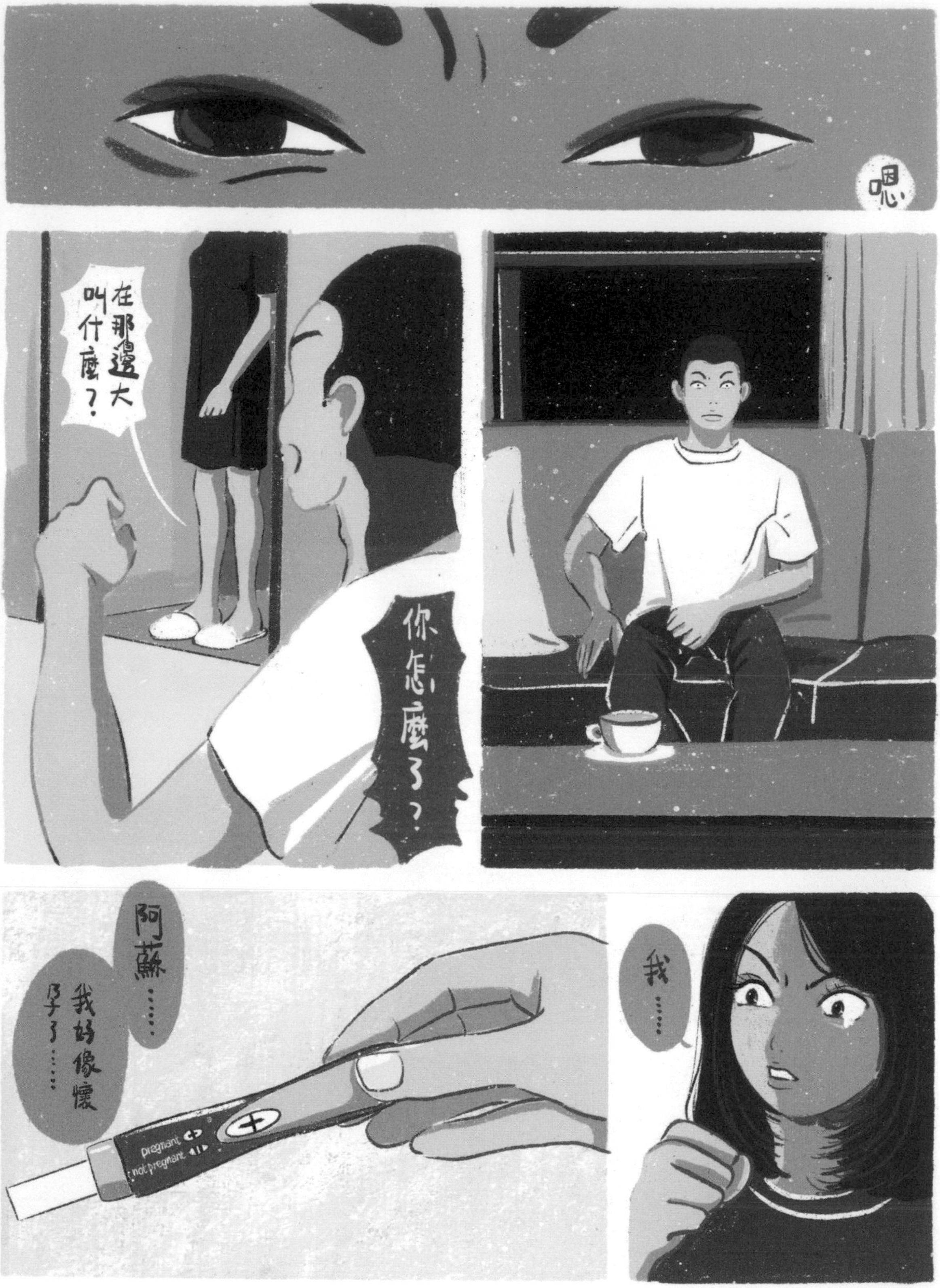
嗯
在那邊大叫什麼？
你怎麼了？
阿蘇……
我好像懷孕了……
我……
pregnant
not pregnant

蘇記
車仔麵
歡迎光臨
車仔麵
蘇記
車仔麵
CART Noodle
我是阿蘇。
幾年前開了這家車仔麵店。

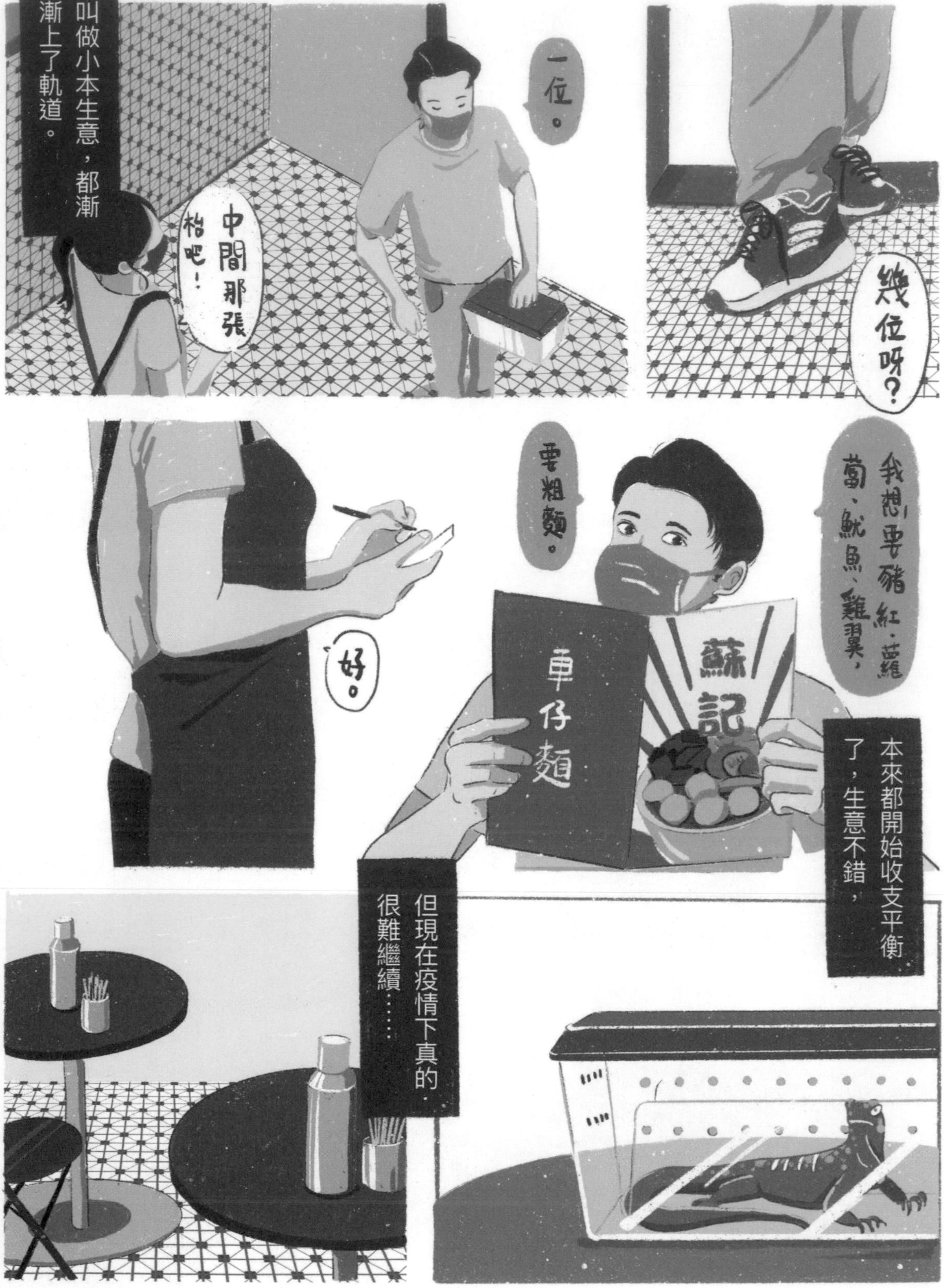

叫做小本生意，都漸漸上了軌道。
一位。
中間那張枱吧！
幾位呀？
我想要豬紅、蘿蔔、魷魚、雞翼，
要粗麵。
好。
車仔麵
蘇記
本來都開始收支平衡了，生意不錯，
但現在疫情下真的很難繼續……

不過偶然見到顧客吃得很滿意的樣子，
我也感到很滿足了。

很霸氣呢這隻蜥蜴！
你養的嗎？
對啊！
我是初哥。
我讀中學時也有養過呢！
很有型的傢伙！

我還用了當時兩個好朋友的名字來幫我的蜥蜴命名！
他們都不會生氣嗎？
不會啦！
都是死黨……阿花跟阿味
不過已經很久沒有聯絡過了。
也不知道她們現在過得怎樣……
感情好的話再聯絡也不是問題吧。

是沒有想到老闆也是愛蜥蜴之人呢，
那我可以常來跟你聊聊蜥蜴經，
還有啊……
這個車仔麵真的很美味呢！
不錯吧！是家傳秘方！

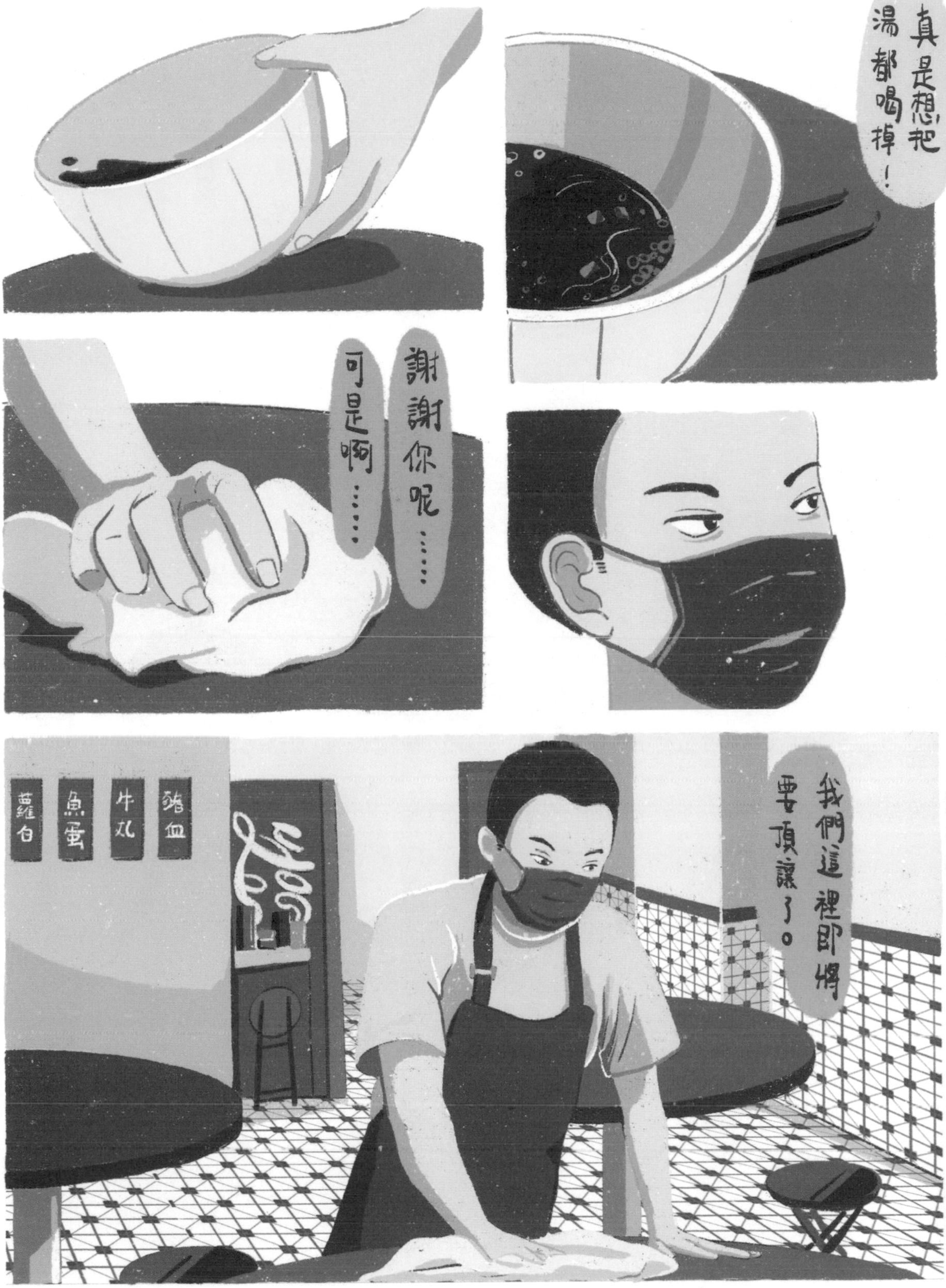
真是想把湯都喝掉！
謝謝你呢……
可是啊……
豬血
牛丸
魚蛋
蘿白
我們這裡即將要頂讓了。

你看吧，就連現在是午飯時間，也沒有一個人影呢……
為什麼呢？
沒辦法啊！
這段時間營業額不足，已經很難經營下去了。
根本沒辦法再撐下去了。

我們計劃等
小孩子出世後便
會移民了。
再說我女朋友
懷孕了，
嗯嗯……
畢竟也想讓
孩子有個好
一點的環境
成長嘛……
不想再留
在這了……

豬紅
牛丸
所以啊，
趁着這幾年
有少許積蓄，
就到外邊試着
重新開始吧！
雖然很可惜，
但衷心祝福你啊！

蘇記
車仔麵
歡迎光臨
車仔麵
蘇記
車仔麵
CART Noodle

LOOK RIGHT
望右
嗯!?
阿咪!?
阿花!?
走走走…

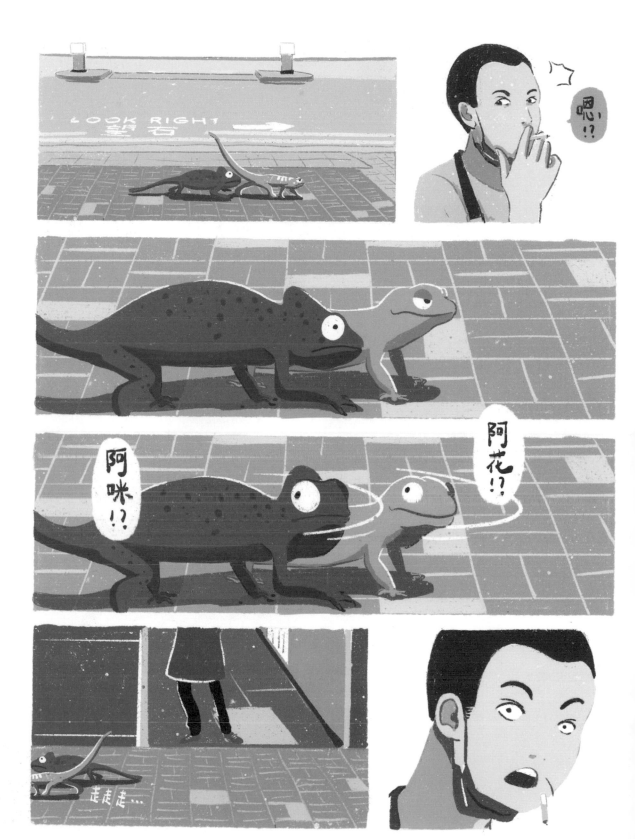

蘇記
車仔麵
我沒有眼花吧?!

Subway
隧道
是的，那些曾經的摯友，我相信我們之間都存在一份羈絆，

重新回到那個熟悉的地方。
引導着我們……

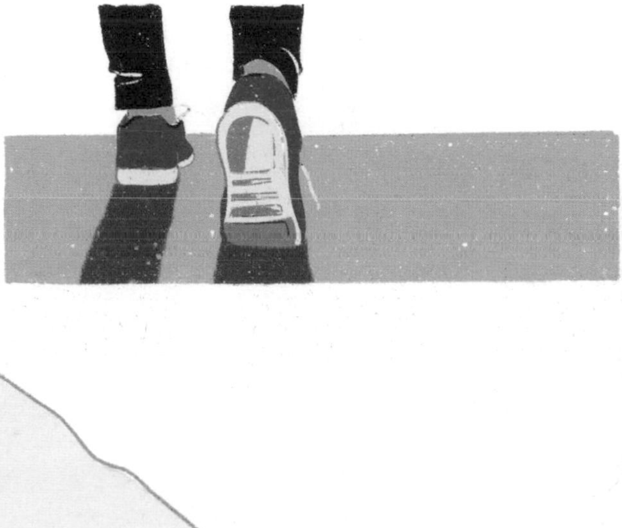

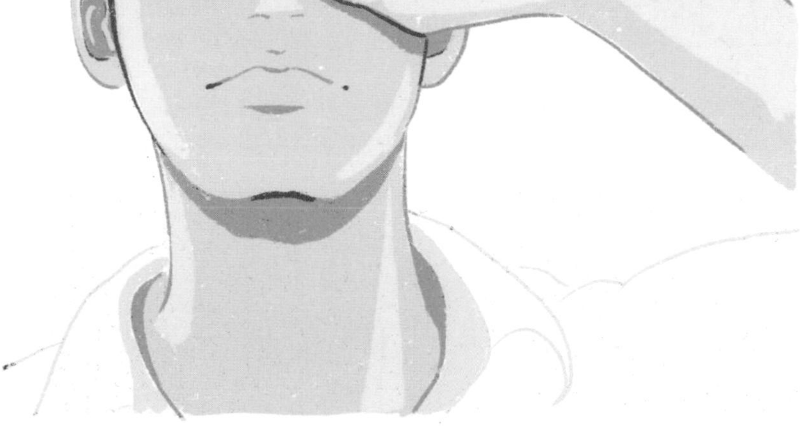

小心呀！
我……
這是？

同學！
同學！
怎麼辦？
蘇！
蘇
喂！
醒醒！
要不要送醫療室！
阿蘇！

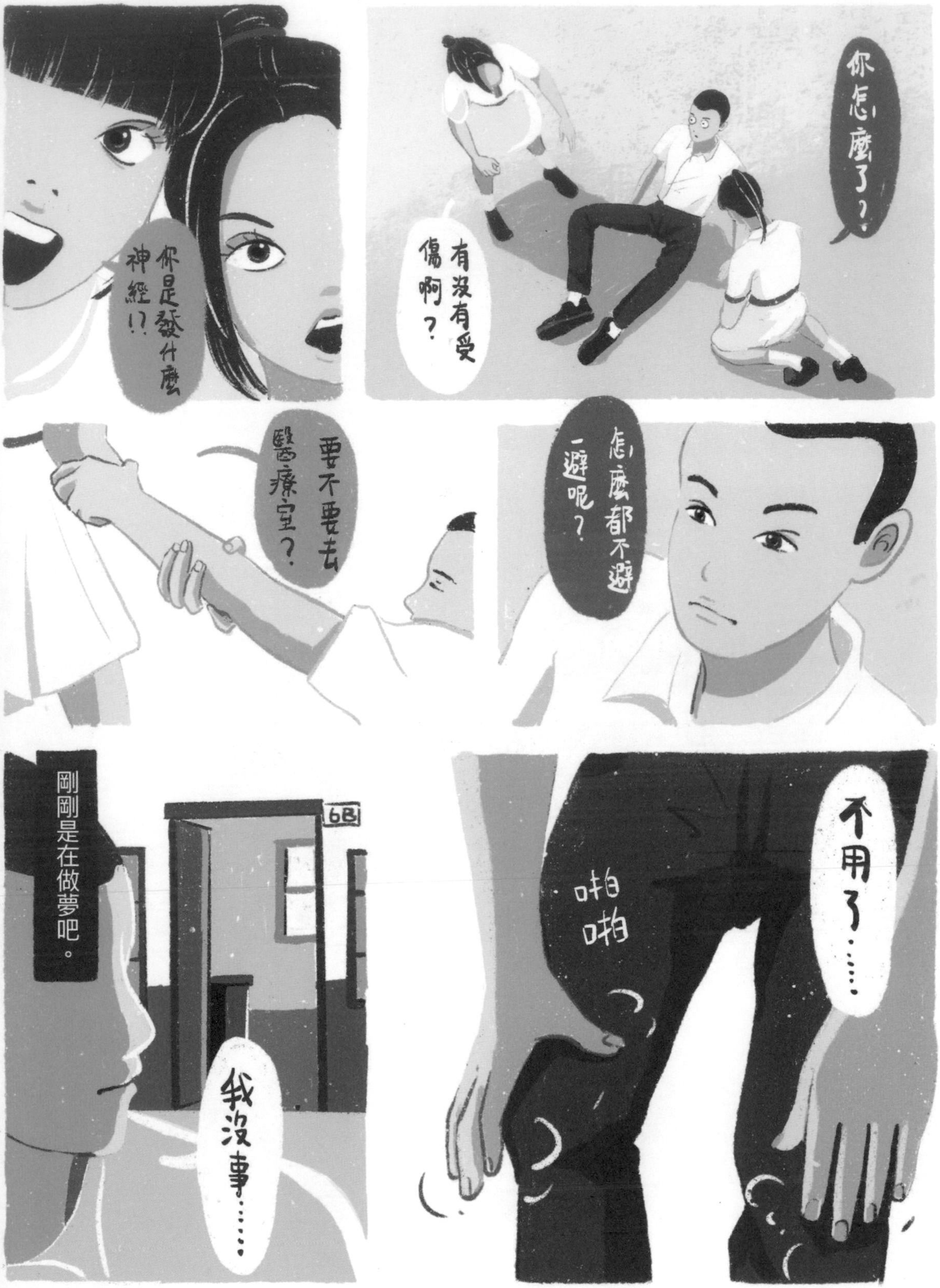
你是發什麼神經!?
你怎麼了??
有沒有受傷啊?
要不要去醫療室?
怎麼都不避一避呢?
剛剛是在做夢吧。
我沒事……
不用了……
啪啪
6B

奇怪了……剛剛那邊變做了隧道口。
什麼隧道口啊!!是不是腦袋壞了?
你們兩個還變了我家的蜥蜴。
在說什麼啊!!
我還夢見我未來有間車仔麵店，很威吧！
阿蘇是在做白日夢吧！
整天在遊魂的，
我想你剛剛的測驗也是交白卷吧？

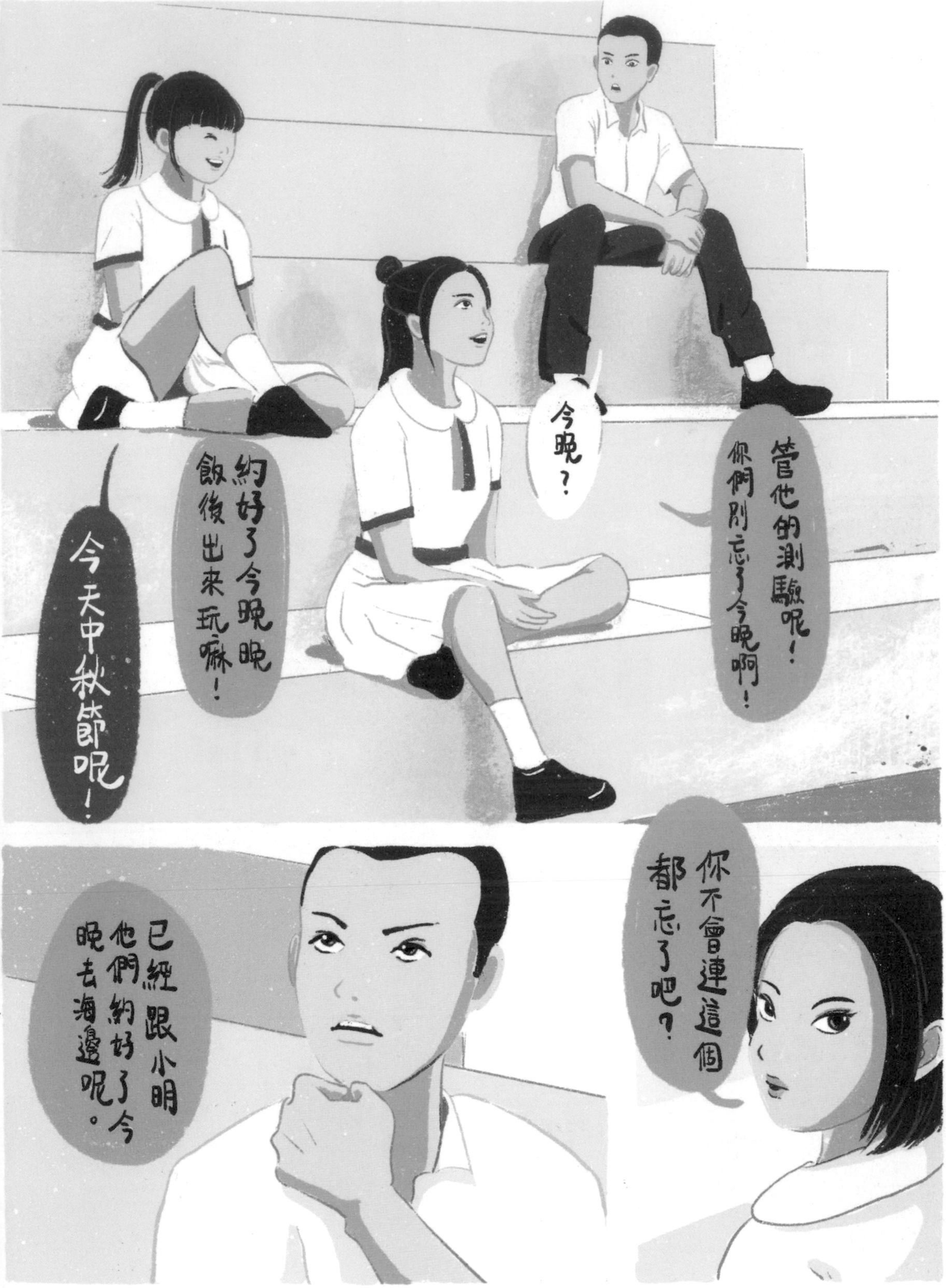
管他的測驗呢！你們別忘了今晚啊！
今晚？
今天中秋節呢！
約好了今晚晚飯後出來玩嘛！
你不會連這個都忘了吧？
已經跟小明他們約好了今晚去海邊呢。

別放飛機啊！
難得明天放假。
Bye!
那麼今晚見啦！
我會帶月餅。嘻嘻！

你可別又睡着了！
那麼今晚約九點啊！
……
怎麼了嗎？
放心啦放心啦，拜啦！

阿蘇！
這邊！
已經有多久沒有感受
過這種氣氛？
好多人……
怎麼這麼晚？
等你好久啊！
很多人呢！找了
好久。

快點過來，我們玩 truth or dare。
差你啊！
怎麼會無聊？你不是怕了吧？
這麼無聊的遊戲還有人在玩嗎？
才沒有怕過！
來！用酒樽！
說好啊，轉到誰都不准賴皮啊！

小明！
Truth or Dare?
放馬過來啊！Truth好了，我又沒秘密，哈哈哈！
告訴我們你到底暗戀班上哪個男生？別人都在傳是班長！
怎麼會是班長啊我們只是好朋友啦！
人家喜歡陽光一點的男生啊！
哈哈我早猜到小明不喜歡班長那個類型的！
那到底是誰？
對咧，快從實招來！

換我了！
不過這裡說了就算啊！不可以傳出去！
我喜歡的是籃球隊的學長啊，超帥的！
我啊，就是有個問題一直都想知道……
阿蘇！
看你們三個平時像三胞胎般……
如果要選阿花或阿咪做老婆你會選誰？

兩個都是男人婆！
怎麼選!?
嘖
想死嗎!?怎麼把
我們都扯進來？
哈哈哈
哈哈哈哈
什麼嘛？不想答就
把這個一口氣吃完！
反正都不想帶
回家了！
來呀!!

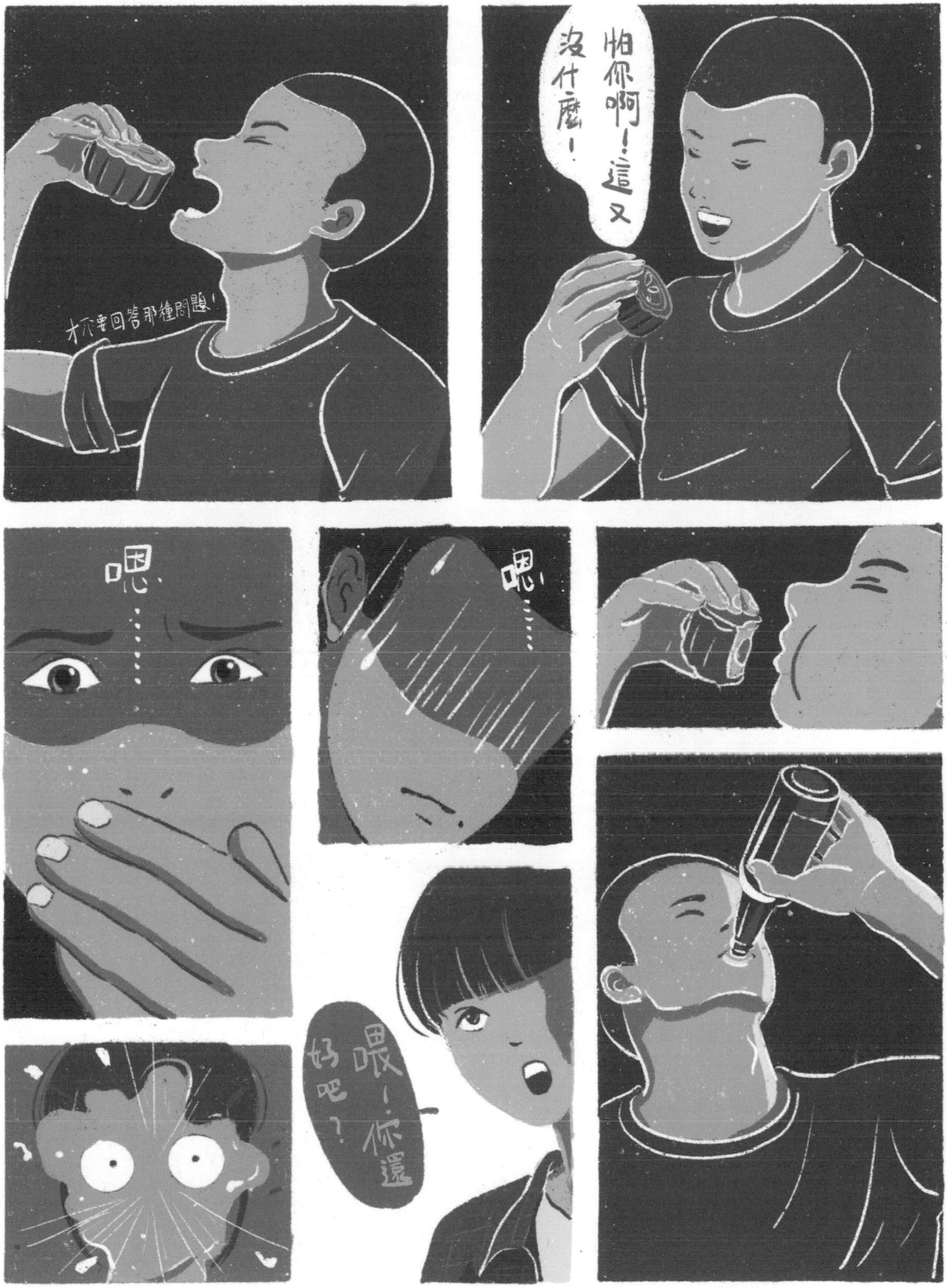
才不要回答那種問題！
怕你啊！這又沒什麼！
嗯⋯⋯
嗯⋯⋯
喂！你還好吧？

女廁及更衣室
Female Toilet & Changing Room
怎麼樣啊？好了嗎？
對不起啊！我真的不是故意的！
嘩～

你是有病是不是!!
吃不了就別吃啊!
嘻嘻……
我就真的突然很反胃嘛，
莫不成真的選你們做老婆?!
才不要!!
就是說嘛!

做一輩子的朋友
不就好了。
對了，曾經說好要當一輩子的朋友，
你們現在又在哪裡呢？

快回去吧，小明他們等很久了。
等一下，你們看那邊那個小女孩，是否跟阿咪好像？！
哪有！
人家乖巧很多吧！
還記得小學有年中秋節阿咪玩蠟燭差點變了放火呢！

真的
別說阿咪，你也糗事無窮！
那麼約定以後中秋都一起過，一起做糗事如何？

不過
我們似乎真的很久沒見過面了……
說什麼啊？
說得這麼遙遠！也許你明年交了男朋友就忘記我們了！
怎麼會!?
NEXT STATION IS

啊……
下雨了……
怎麼這麼突然！
討厭啊，好像每年中秋都總是會下雨

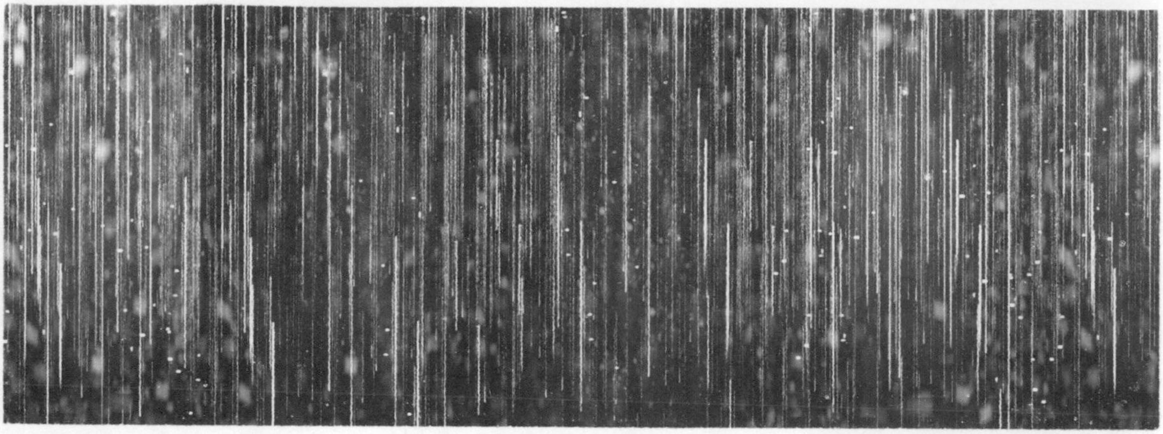

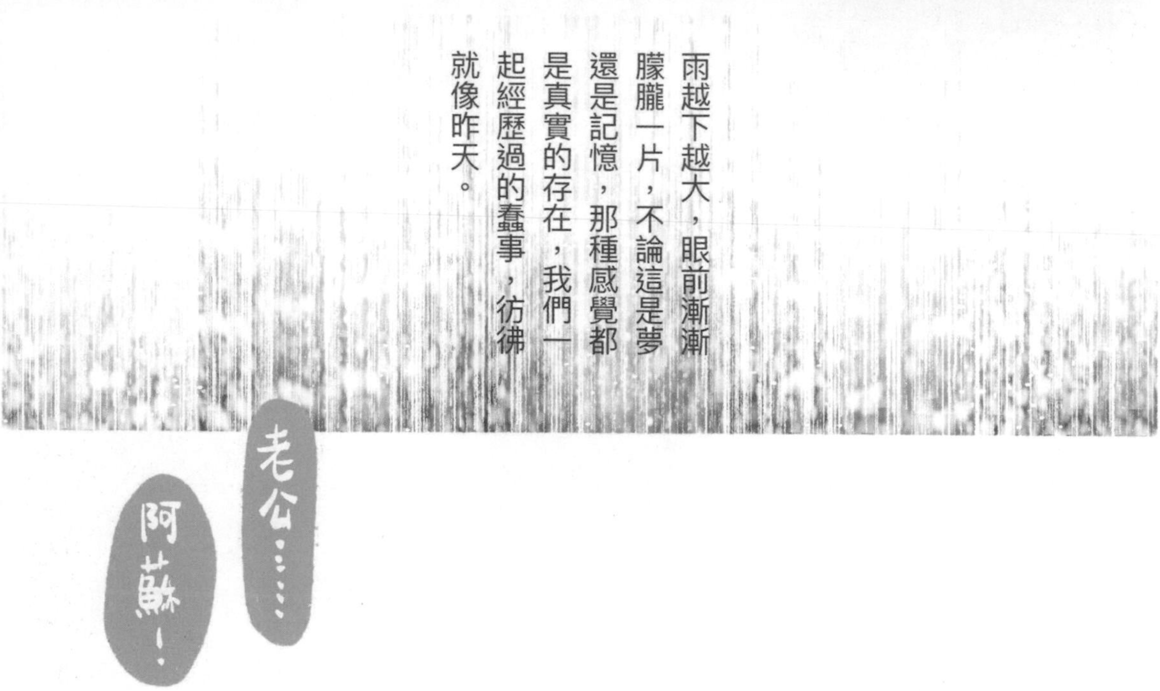

雨越下越大，眼前漸漸朦朧一片，不論這是夢還是記憶，那種感覺都是真實的存在，我們一起經歷過的蠢事，彷彿就像昨天。

老公……

阿蘇！

嗯
THE NEXT STATION IS...
下一站就到了。
醒啦！我們要下車了。
Bu!

又或許，我是到了某個平行宇宙嗎？我被帶回去那個學生時代，那個無憂無慮的夏天。
……

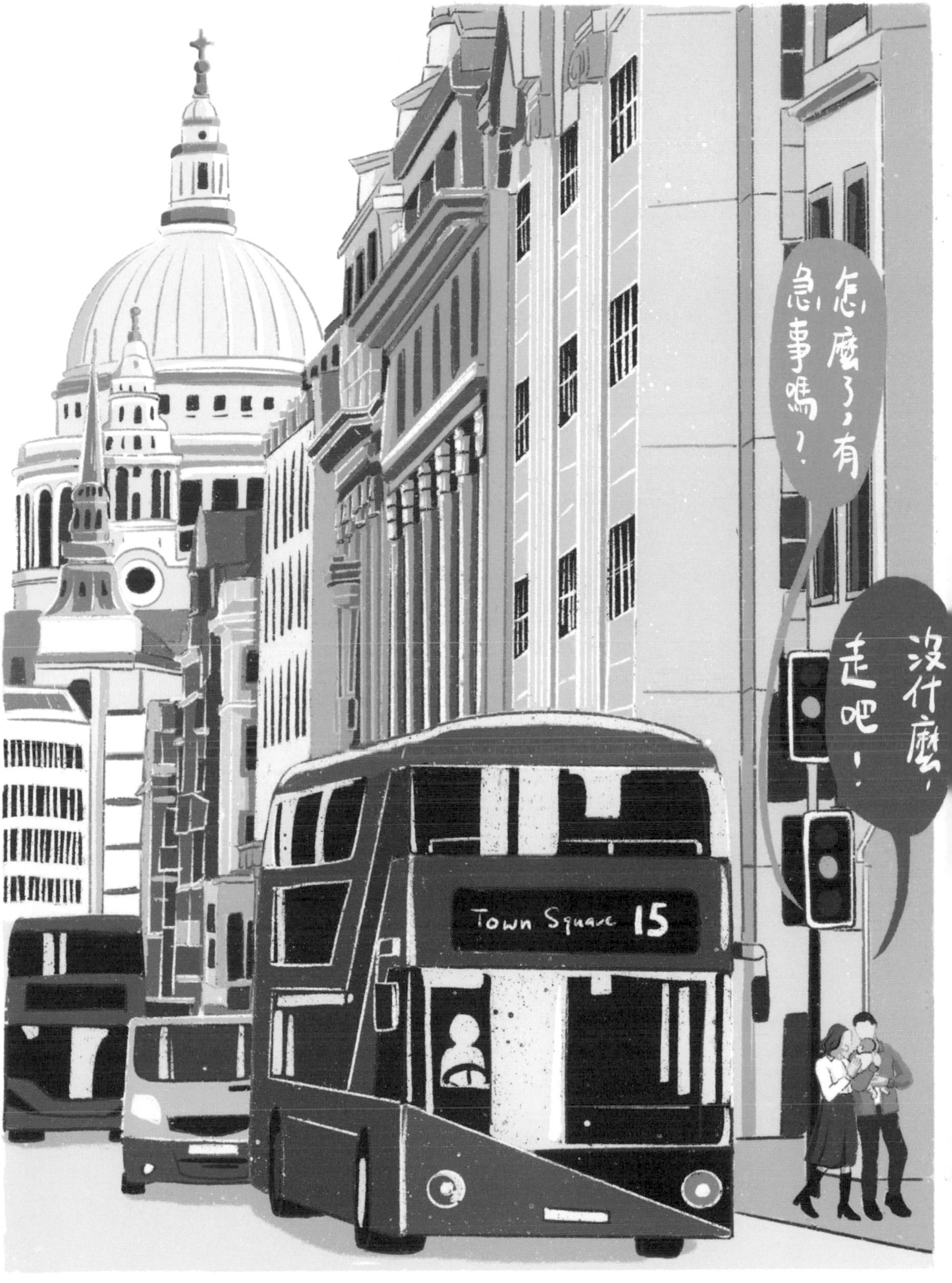
怎麼了，有急事嗎？
沒什麼，走吧！
Town Square 15

第二章

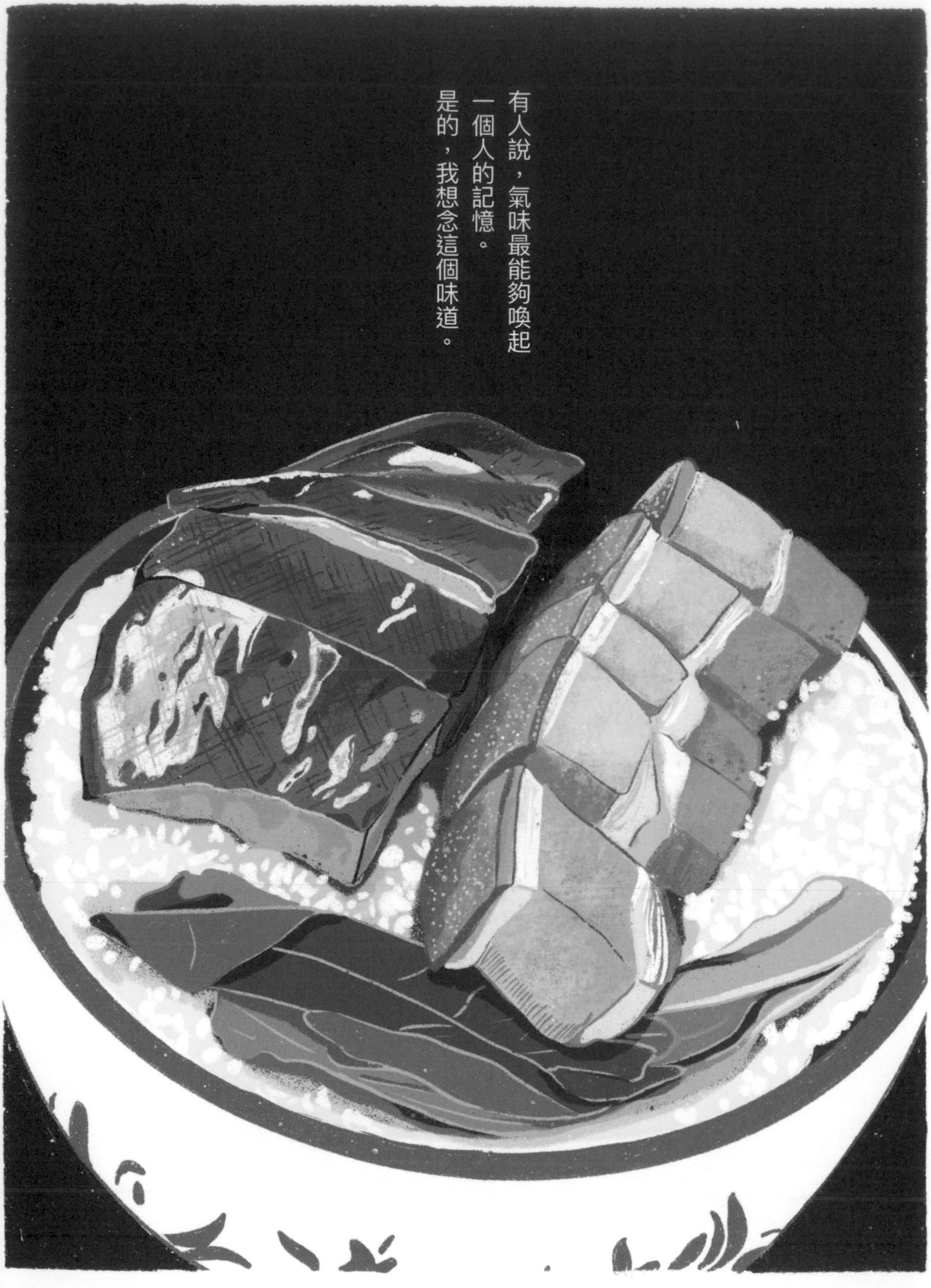
有人說，氣味最能夠喚起
一個人的記憶。
是的，我想念這個味道。

我是阿花。
好餓！早知道午餐就不要只吃一個蘋果！
咕～
跟家人移民來台灣已經一段時間了。現在在一間廣告公司上班。
阿花！
我們今天下班後打算去試一間新的人氣日本菜，你要不要一起來？
不了，今天好累啊想早點回家休息呢！下次再跟你們去吧！

大雞排
條
花生豆花
杏仁豆花
珍珠豆花
紅豆豆花
綠豆豆花
桂圓豆花
雞排 100
米血 20
花枝丸 20
甜不辣 20
油條15
甜不辣
花枝丸
大雞
專線
到這邊生活，沒有以前那樣急促，步調放慢了，整個人都放鬆了。但我們也在努力適應這裡的步伐。

離開了那個熟悉的地方，那些
熟悉的面孔，偶然也會記掛住
那個故鄉。
豆花
古法

好香！
好新鮮的味道啊！是什麼東西？
嗅嗅
煲仔
港媽媽燒味店
優惠
新店開張

是新開張的嗎？之前都沒察覺有這家店呢。
咕～～
請問……

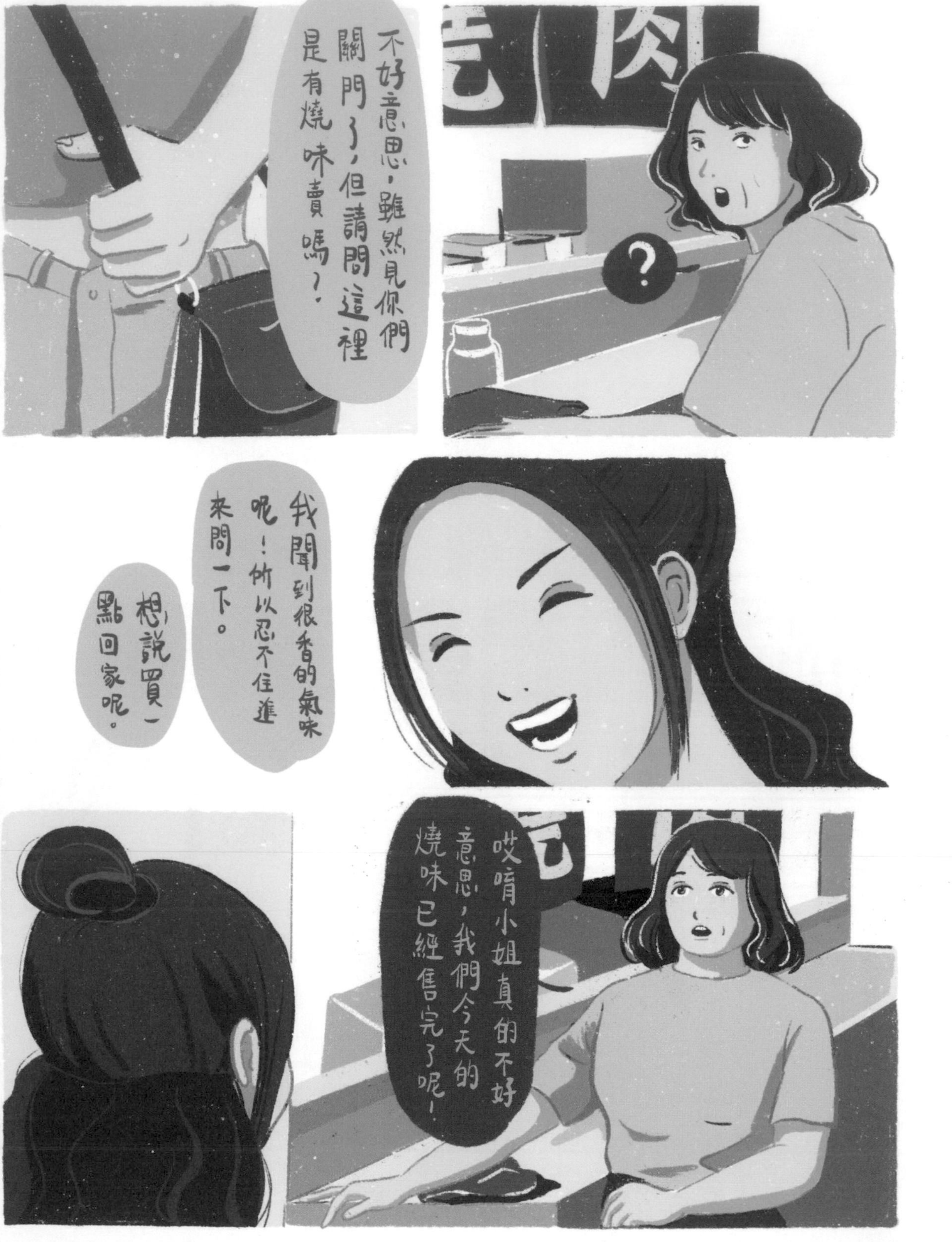
不好意思，雖然見你們關門了，但請問這裡是有燒味賣嗎？
?
我聞到很香的氣味呢！所以忍不住進來問一下。
想說買一點回家呢。
哎唷小姐真的不好意思，我們今天的燒味已經售完了呢！

因為我們剛剛開張不久，現在還在試業階段呢！
所以我們每天製作的份量暫時不多，最後那份也剛剛售出了。
燒肉賣完
原來是這樣。不要緊不要緊，那麼我下次早一點再來吧！
咕～
看來你肚子也餓了。
哈哈……

嗯嗯⋯⋯因為今天午餐吃太少了。
（根本沒在吃）
黯然銷魂飯
叉燒飯
燒肉飯
油雞飯
港式四寶飯
是日老火湯
沒關係，我改天再來好了！
那個⋯⋯小姐等一下！
我聽你的口音，你也是香港人吧！
嗯嗯，是呢！

這樣吧，其實我還留了一份，打算跟家人晚餐時吃的，但我老公今晚不回來吃，只有我跟兒子兩人，
你也留下來一起吃晚餐吧！
咦!?
什麼?!不用客氣了啦！
沒關係啊！反正大家是同鄉嘛！吃不完丟掉也是浪費呢！
對啊沒關係，我媽超好客。
那麼……
那麼……

來吧，別客氣了，
反正我們兩人也
吃不完啊！
過來吧！
那麼……
我就真的不客氣了。

兒子啊，幫小姐裝碗飯吧。
麻煩你了！
真的好香，好懷念的味道。
以前怕肥，老是不敢吃呢！
那麼你要試試老闆娘我的手勢了。
保證比香港興記還好吃呢！
來！嚐嚐看。
我們這裡還有港式老火湯啊！

覺得不錯的話記住幫我們店宣傳開去啊！
下次把你的朋友也叫來試試看。
當然會啊！

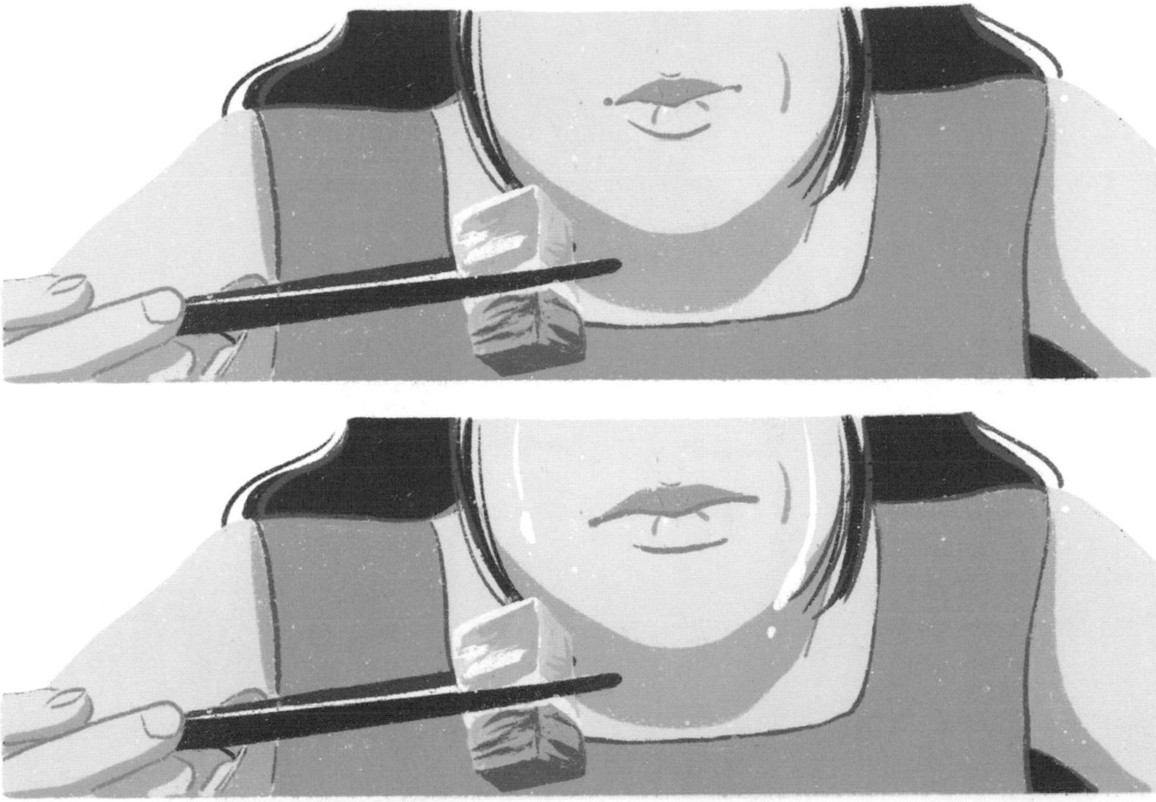

有試過嗎？偶爾經過一些地方，被不知從哪裡傳來的熟悉味道，勾起一些感覺，一些回憶，讓你重新回到那個既熟悉而又被遺忘的世界。

花……
阿花！
小姐！

小姐……
小姐……
阿花！

你怎麼了?吃個燒味飯你是在哭什麼啊?
……阿咪?
放心啦，一餐半餐的，不會怎樣的啦!
怎麼了?是擔心減肥計劃要失敗了是不是?
阿咪……
怎麼了?明明剛才……我不是在台灣嗎?

真的是阿咪嗎？
搣
真的是阿咪。
搞什麼？
好痛啊！
太好了！真的是阿咪！我好想你啊！真的！
……

對不起，對不起，走的時候我未有好好的跟你道別……
道別？
是最近工作壓力太大嗎？
原來我還在香港嘛！
要是可以重新來過的話，
走吧！我們到外面逛逛！
等一下，我的焗豬扒飯還未吃啊！
再買東西吃吧！

我想再次感受那種平淡的幸福，

coffee ma
哥
味
粥
鮮
家
7
折
COFFEE
H
Coffee

大藥房
DISPENSARY
好好地再一次用心感受這個熟悉的城市，熟悉的氣味。
ABT

生菜魚肉
碗仔翅
牛雜
腸粉
魚蛋
那邊有小食店啊！
慢點啊阿花！等我一下啦！
辣魚蛋……
好想吃！

老闆我要一串辣魚蛋、一份燒賣……
一串炸大腸、牛丸、一碗碗仔翅……
還要一份煎釀三寶。
好！
等一下啦！你叫這麼多我們兩個是要怎樣吃！？
你是豬嗎？
放心啦！我就是想吃，我包底吧！

來，你們的好了。
別告訴我你不想吃。
就是說太多了嘛！
才不會呢！我都餓扁了。

要不我把你的份也吃掉。
才不要！
哈哈哈……
哈哈哈……
我們走吧！
邊走邊吃！

那邊還有雪糕車啊！
富豪雪糕
Mobile Softee
什麼？你還不夠飽嗎？

我要兩個軟雪糕。
1.香滑軟雪糕 $12
2.果仁甜筒 $12
3.蓮花杯 $10
4.珍寶橙冰 $10

好久沒嚐過雪糕車的雪糕了，雪糕筒最好味！
小心飽死啊你！
走吧，我們到那邊去吹吹風吧！

天啊！我飽死了！今天晚餐也不用吃了！
好滿足。如果我們還可以去吃麻辣米線、榴槤糯米糍……
再去長洲吃大大粒魚蛋就好了。

太可怕了，你這樣會吃壞肚了啦！
怎麼了？你今天超反常的！
以前不是老說減肥這樣不吃那樣不吃的，每次約你都超麻煩的。
別告訴我你有絕症了。
你才有絕症啊！
Tembo
偶爾大吃大喝一下不是很高興嗎？
再說我們已經很久沒像這樣一起放肆過了吧！

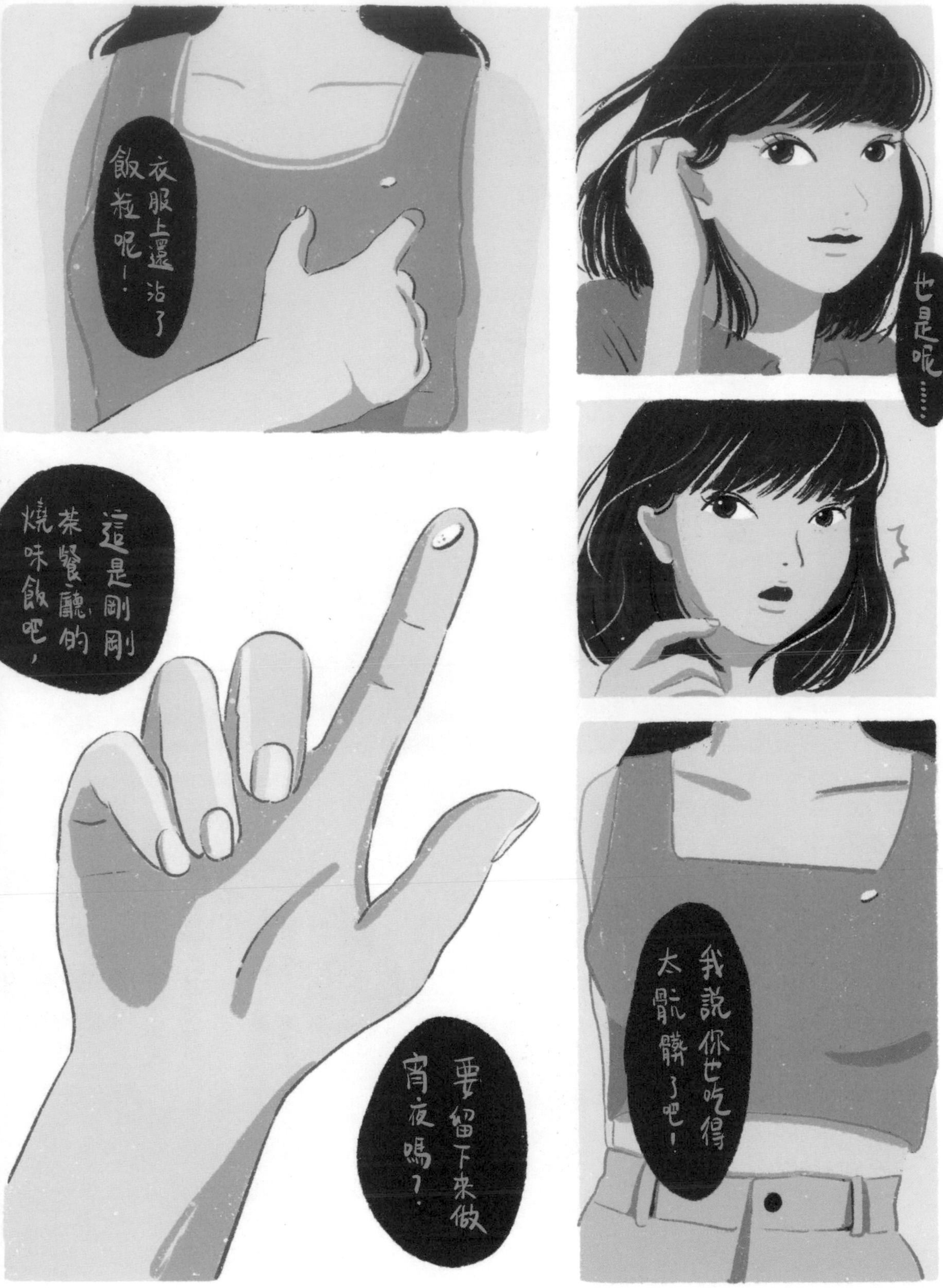
衣服上還沾了飯粒呢！
也是呢……
這是剛剛茶餐廳的燒味飯吧，
要留下來做宵夜嗎？
我說你也吃得太骯髒了吧！

啊！對了！阿花
你有聽說嗎？
聽說什麼？
是關於阿蘇的啊！
最近在Facebook見到他有好多聚餐相，說什麼Farewell的……他好像是要移民了呢。

我們真的很久沒聯絡了呢，有多久了？
自從大學畢業出來工作後就沒再經常見面了吧！
對呀，我也很久沒找他了，以前工作一直也很忙……
要不是在社交媒體看到相片也不知道他近況了。
還記得那年中秋節他吃完月餅吐在你臉上的事嗎？
我到現在想起還是會笑死！
這麼噁心的事就不要再提起了！

都十幾年前的事了……
那個率性的年代。

話說回來，阿蘇早幾年不是開了家車仔麵店自己做老闆嗎？
要不我們找天一起到他的店探望一下，反正他的店在我家附近呢，這麼久都沒有去過。
如果他真的要離開的話，就當作是臨別一次相聚吧！
他可能會嚇一大跳。哈哈……
阿咪……
我也要離開了……
我不知道呢，我們有機會再聚嗎？

其實我也要去台灣了，
如果這是夢的話，我真的很高興有你陪了我一整天，陪我再一次好好感受一下這裡。

阿花，
閉起雙眼吧……
嗯……

那麼你要好好的記住這個味道啊！
小姐！

小姐……
小姐……
哎呀你怎麼突然就哭了呢？
是不是這飯菜怎麼了？
你沒事吧？

對不起嚇到你們了……
哈哈……我沒事……
我只是……再一次嚐到家鄉的味道了。

第三章

啦啦啦~~
啦啦啦~~~

每日有吃不完的大梨！
又大又甜又多汁！
啦啦啦～～

每日都浸在大梨海，
好幸福！

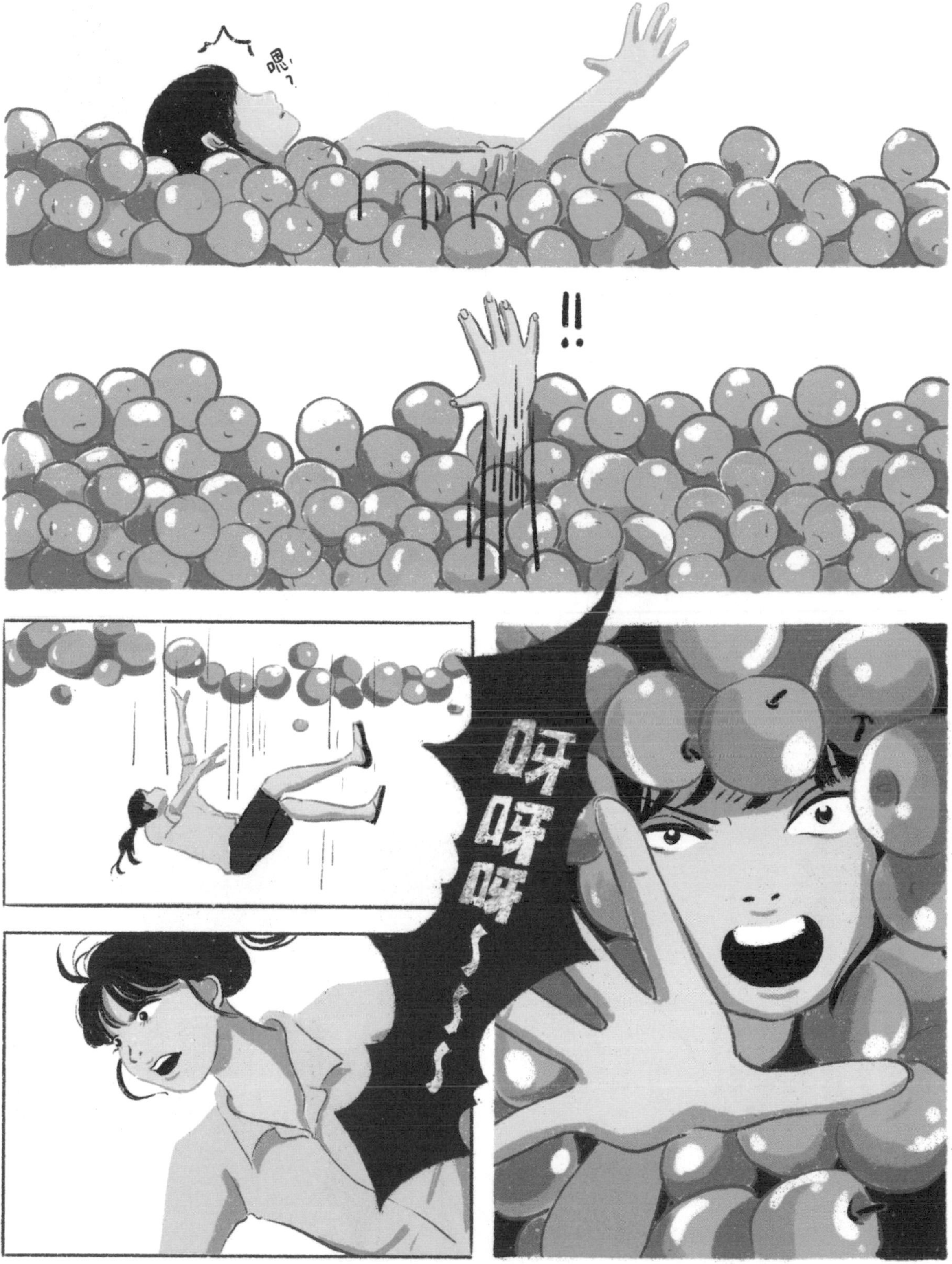
嗯？
!!
呀呀呀～～～

這裡是……
！！
是我的家！
還有蔥頭們啊！

哇哇哇
長高了長高了!!

嗯，
好美啊！

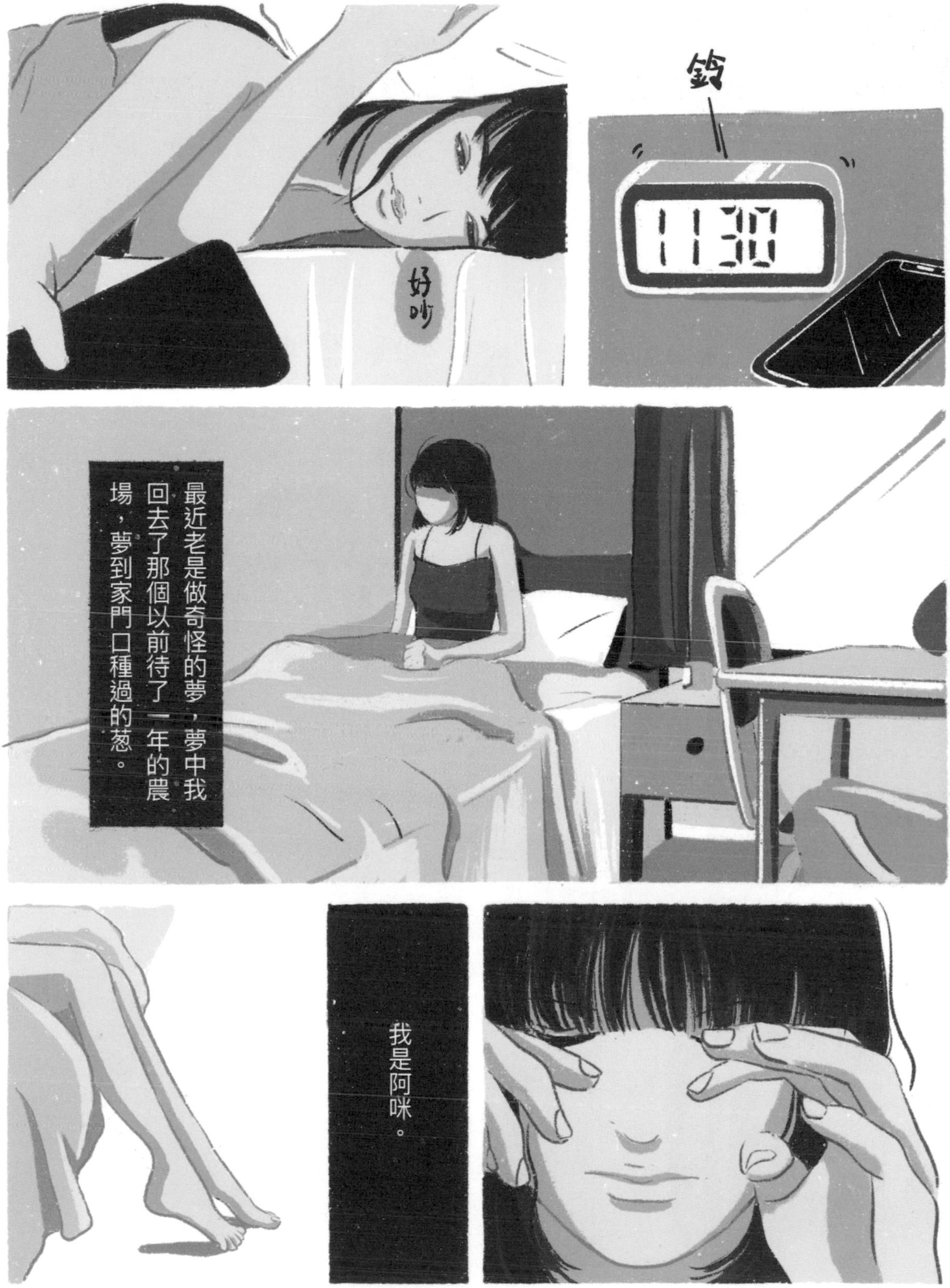
好吵
鈴
1130
最近老是做奇怪的夢，夢中我回去了那個以前待了一年的農場，夢到家門口種過的葱。
我是阿咪。

這陣子常常聽到的話是「我要走了，找天吃個飯吧。」
而這句說話何時才會由我說出，我並沒有答案。
唉～
又枯死了嗎？
啊……你起床了嗎，我跟你爸飲完茶了。
本想叫你一起去的，但你睡到豬一樣。

什麼嘛，我昨晚工作得好晚呢！
那個……媽媽你是幫我的蔥狂澆水了嗎？它又死了。
我才沒有動過你棵蔥，明明你才是植物殺手，種什麼死什麼好不好！
給你打包了些點心，趁熱吃吧！
明明就是這裡不適合它生存吧！
對了，有你的郵件，不知道是什麼東西。
EXPRESS

到了！
是我們之前申請的護照呢，終於收到了。
PASSPORT
EXPRE
哦。

我們可以……
興奮些什麼，這話題早就討論過了，我們不打算移民。
不是說再討論的嗎
有什麼好再討論的，我跟你媽年紀不小了，過到那邊還是要做什麼？
適應不來啊！

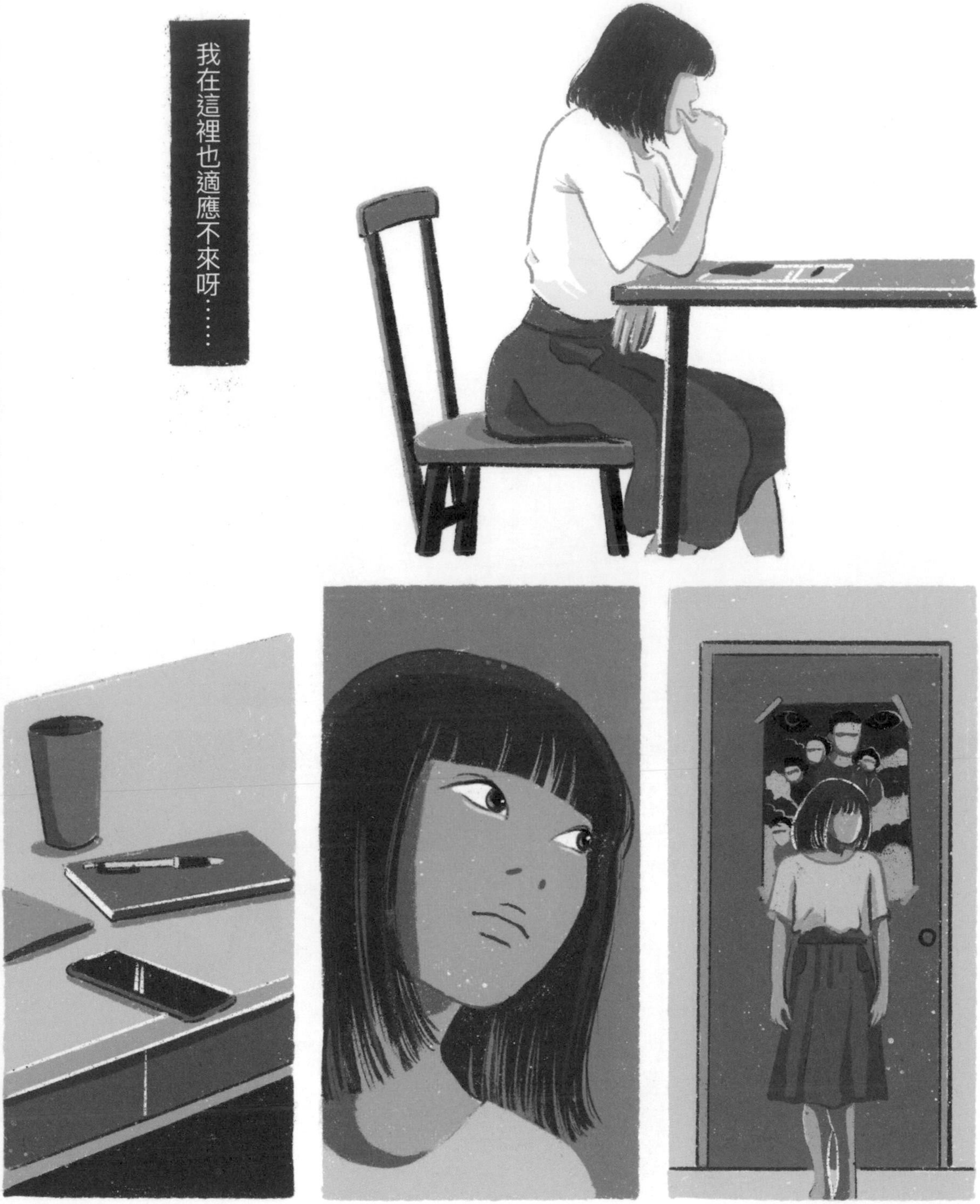
我在這裡也適應不來呀……

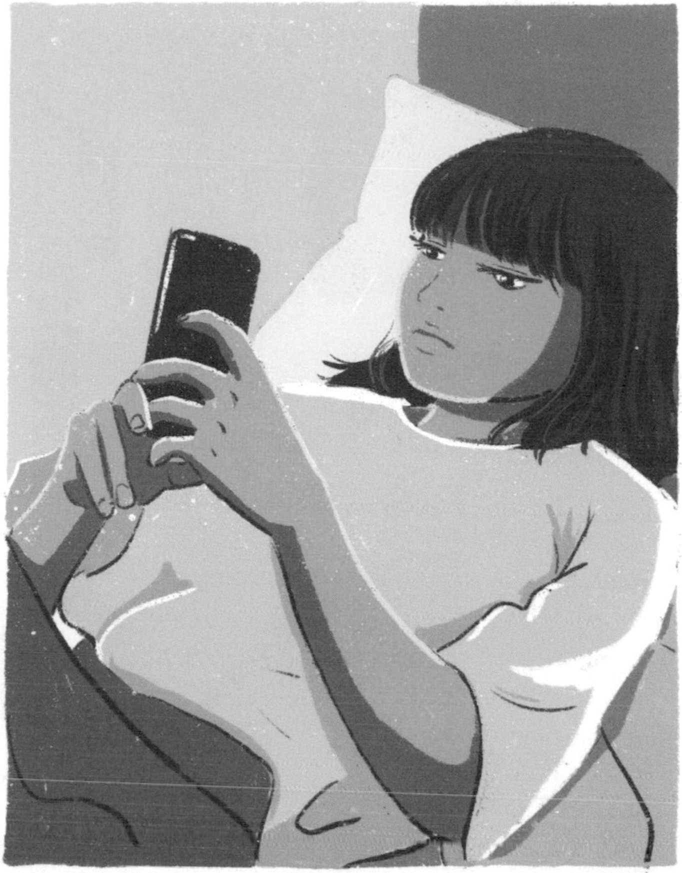

阿花走了，很多我在人生不同階段認識的人都默默離開了，就連阿蘇都似乎準備離開。至於我，我還在這個城市游移着，要走嗎？該留下嗎？我看似可以做想做的事情，但決定權其實都不在於我……

好慢……
啡
MENU
對不起對不起，剛剛大塞車。
幫你點的咖啡都涼了！

是有點事耽誤了出門口……
我有個好消息要告訴你！
什麼啊？
上個月不是跟你說有間大公司有個很適合我的職位空缺嗎？那公司前景真的很不錯，我早前去面試了……

然後今朝收到通知，我被正式取錄了……
下個月正式轉工！
恭喜你啊!!
嗯……
既然有這麼好的機會，那麼之前說移民的事……
你大概也不會考慮了吧。
這個……
我還想考慮一下呢……

沒關係，我本來也想告訴你，我今早收到護照了……
但也被爸爸媽媽再一次拒絕了……
別這樣嘛，這個問題我們不是還有時間再考慮嗎？也不急於一時決定吧！
請問要什麼呢？
我們還想要這個跟這個。

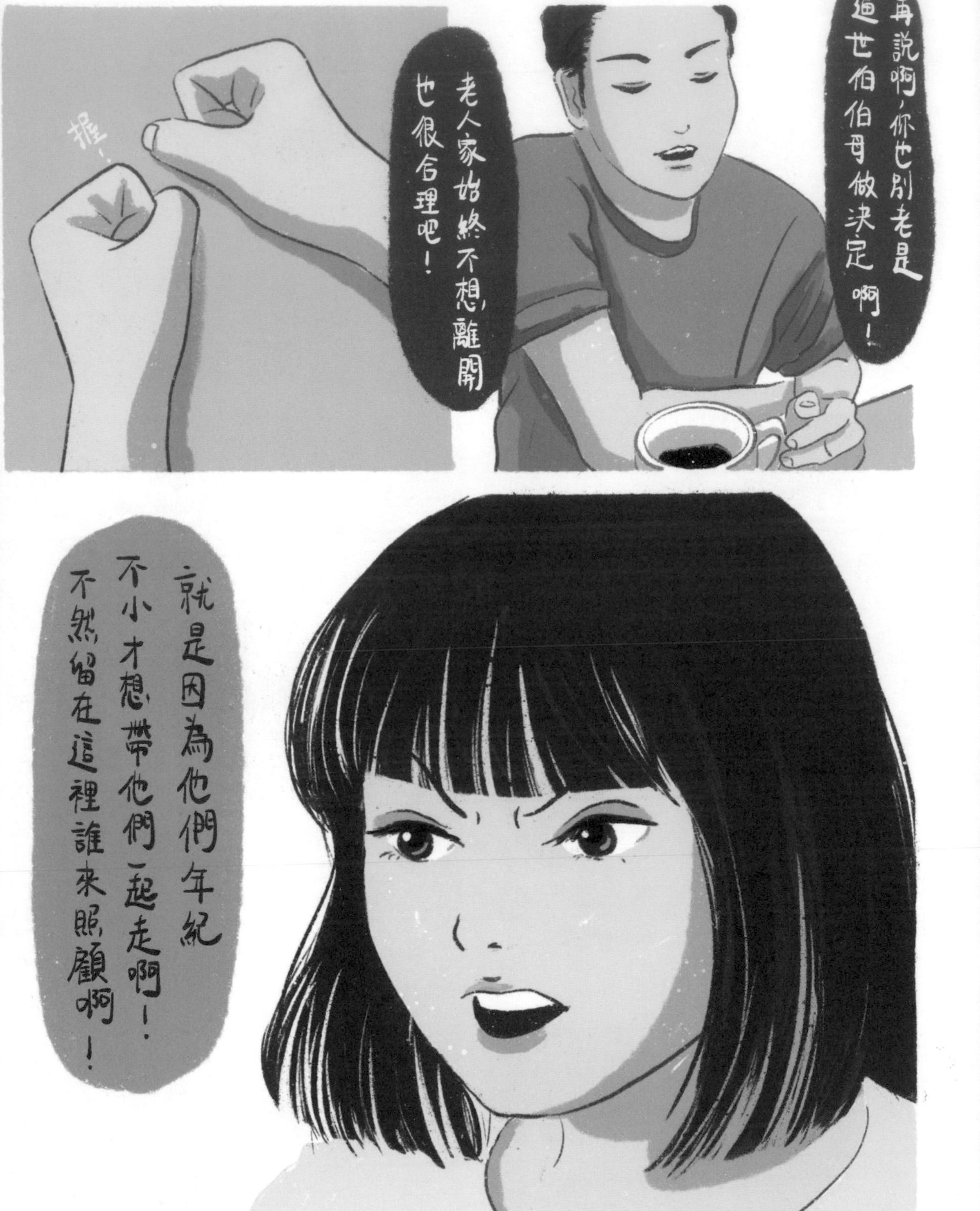
再說啊，你也別老是逼世伯伯母做決定啊！
老人家始終不想離開也很合理吧！
握…
就是因為他們年紀不小才想帶他們一起走啊！
不然留在這裡誰來照顧啊！

好啦好啦，這件事我們再慢慢商量好嗎？
不說服他們的話，難道到時真的要把他們丟在這裡嗎？
別人都在看了……

mimi fashion
那麼我先走了，你早點休息吧！
嗯……再見。
蘇記
車仔麵

哦……這是……
這是阿蘇的車仔麵店啊！傳單都派到這裡了。
蘇記
「哈哈哈……以後我的店就叫蘇記車仔麵！」
怎麼樣？名字不錯吧？簡單直接又好記！

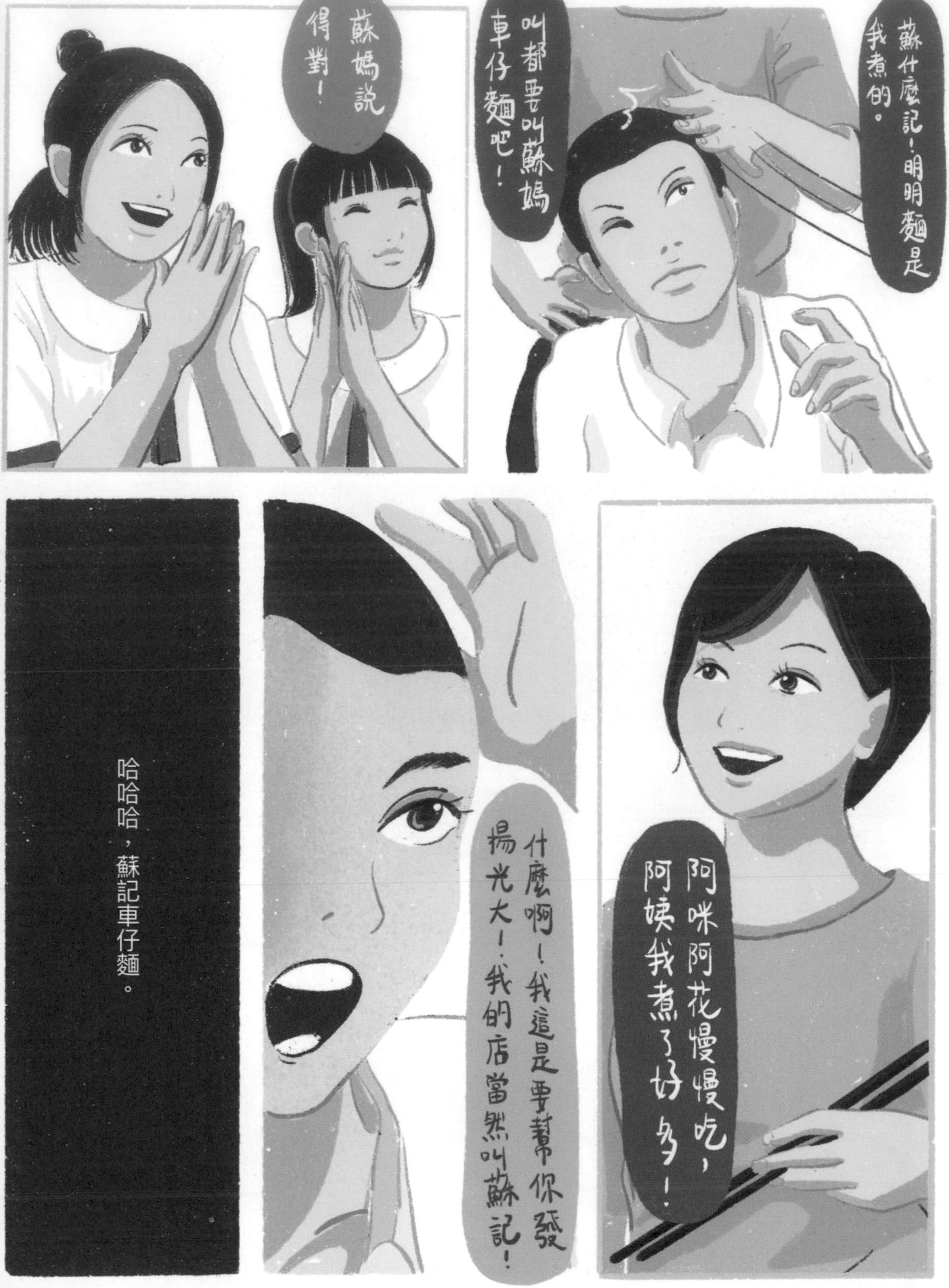
蘇什麼記！明明麵是我煮的。
叫都要叫蘇媽車仔麵吧！
蘇媽說得對！
阿咪阿花慢慢吃，阿姨我煮了好多！
什麼啊！我這是要幫你發揚光大！我的店當然叫蘇記！
哈哈哈，蘇記車仔麵。

很久沒見了，自從我去完兩年工作假期之後吧。一直知道阿蘇真的開了這家店，就在我家附近，但我卻一次都沒有去過。

Facebook上的都是真的嗎？阿蘇要走了嗎？我現在要去看一下嗎？會很唐突嗎？

可是如果我現在無視這份衝動的話，之後就很難再鼓起勇氣了⋯⋯

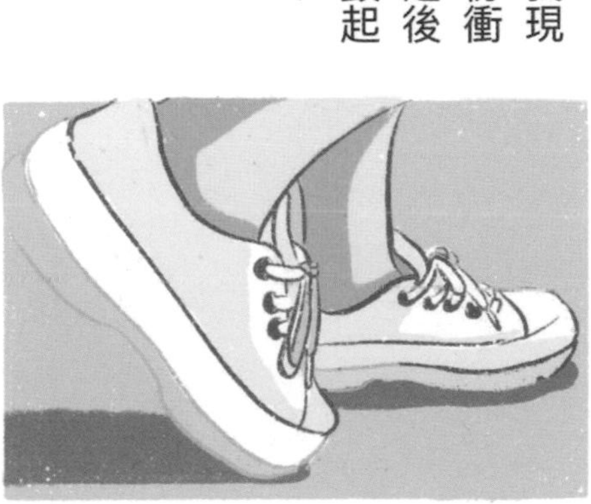

歡迎光臨
仔麵
CART Noodle
呼ー呼ー

小姐我們要關門了啊。
請問……
不是不是，我不是要吃麵……
我是想請問一下，你們老闆在嗎？

蘇記
麵
老闆嗎？他很少會回来呢，你找他是有什麼事嗎？
哦……這樣嗎？我還以為他會在這裡親自煮麵呢。
煮麵？我們老闆不煮麵啊，都是請師傅煮啊……
哦！你說的老闆是蘇先生嗎？
對呢……

蘇先生已經不是這裡的老闆了。他早兩個月已經將麵店頂讓了，如無意外，他應該已經在英國了。
原來總有些人，在不知不覺間已經不在身邊，你以為還有時間，總有機會……但不知道明天會變成怎樣的我們，在還可以相擁時，為何不盡力抱住對方呢？

又一個老朋友就這樣無聲無息地走了……
……
Mom
Message
震……

什麼!?
阿蘇!?真的是阿蘇嗎!?
10:31
Tuesday, 7 June
now
蘇

蘇
Yo
最近好嗎？

不好。
為什麼？
因為我錯過了你們。
或許我們彼此都錯過了，但我們不是仍然望着同一片天空嗎？
可惜你們已不在我身邊了，去或留我已不懂得選擇。
這樣嗎……讓我告訴你一件事吧……

阿咪你知道嗎？一直以來在我心目中，你都是個很勇敢的人呢！
你看！
這是……
你一個人要小心啊！別跟陌生人走啊知道嗎？
你不如乾脆找個外國人嫁了算了！哈哈哈……

當年的你一個人跑去這麼遠的地方，說什麼要體驗流浪的……
雖然嘴巴上老是在揶揄你，但老實說，我覺得你棒極了！
我真的沒有你那份勇敢和衝動。

在我眼中現在的你跟當初沒有分別呀！
可是現在你才是走了的人，留下來的是我呀！
我嗎？
因為擔憂明天而離開，算是某種逃避嗎？

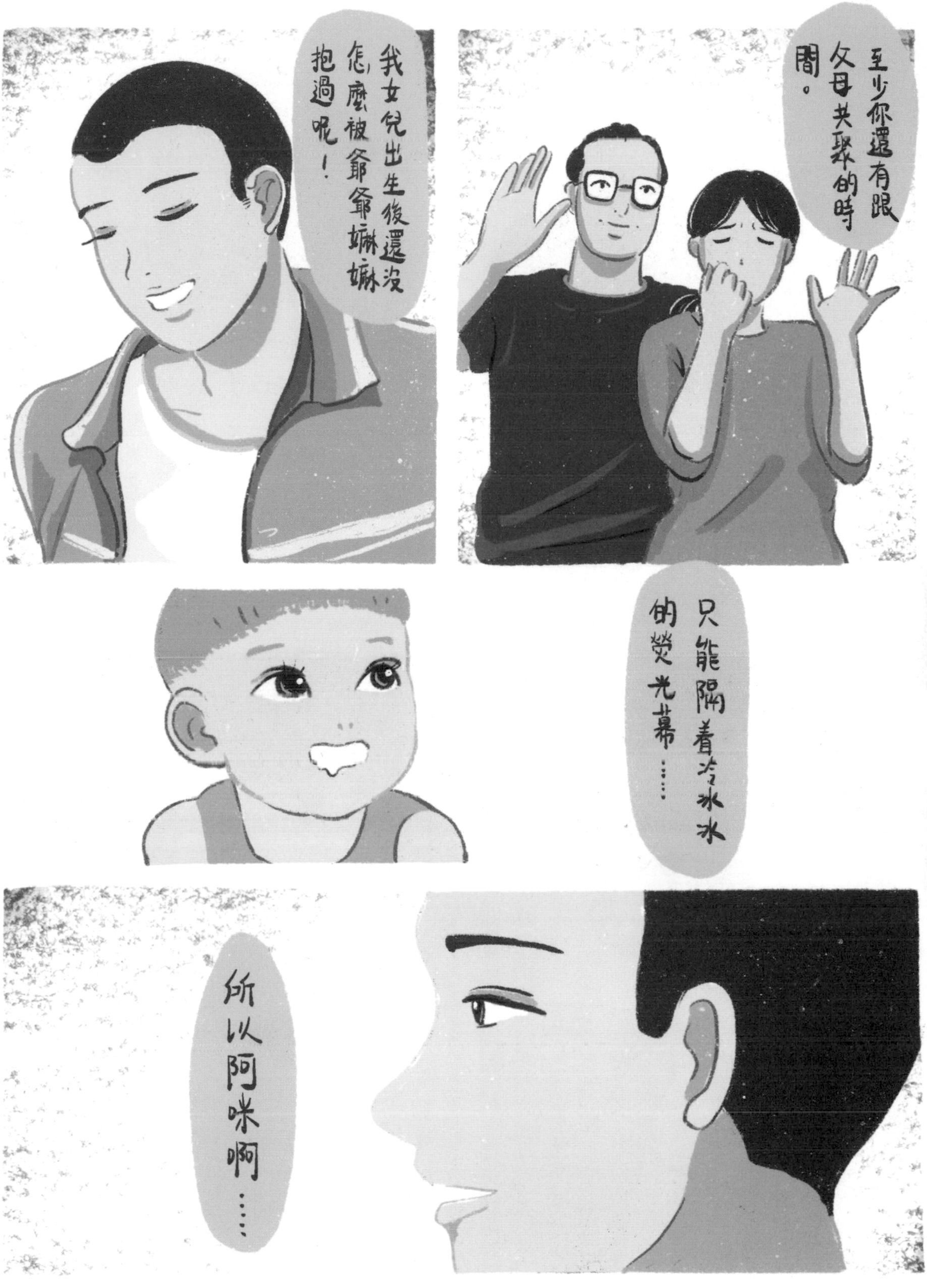
我女兒出生後還沒怎麼被爺爺嫲嫲抱過呢！
至少你還有跟父母共聚的時間。
只能隔着冷冰冰的熒光幕……
所以阿咪啊……

繼續做你自己，
在你的日常中，勇敢
面對生活……
做你還能做的
事吧！
能留下來面對不知道會怎樣
的明天，才是最勇敢的人呢！

我們始終有一天會再見面的，又不是生死永別的……
不是嗎？

是的……
謝謝你阿蘇！

哦
我回来了。
我也買了糖水回来呢，一起吃吧！
雪櫃有西瓜。

My pen is blue
My friend is you
別了依然相信
以後有緣再聚

後記

這兩年來，當我在不知道在哪個夜晚突然想起某人時，那個人可能已經跟我相隔著半個地球了。在這本漫畫集面世的同時，或許又有我認識的人離開了，是的，我眼淺，在繪畫的過程中有好幾次都想掉眼淚，因為改變不了客觀環境的無奈，也因為自己無能，或沒有盡力維繫人與人的情感。

面對離別，我想說的是，無論是離開的人，還是留下的人，當我們還可以相擁時，就不要吝嗇那一個擁抱。

另外也很想多謝白卷出版社的編輯們，在我這個畫漫畫的念頭萌生之際找上了我，無論是緣分或是巧合，都成就了這本漫畫的誕生，讓我想說的，都得以表達！

ArYU

土生土長的畫畫人。從小便喜歡繪畫，但人生繞了一圈才回到原點，重拾畫筆，近幾年開始專注於自己的創作，喜歡以粉嫩及柔和的色調作畫，透過經歷及觀察，畫下自己關心的議題。希望作品能與大家有著一點點共鳴，一起尋找那些共同的回憶。

後來我們在念想中重逢

作者——ArYU
編輯——Annie Wong、Sonia Leung、Tanlui
實習編輯——馬柔
校對——Iris Li
美術總監——Rogerger Ng
書籍設計——Tony Cheung

出版——白卷出版有限公司
新界葵涌大圓街十一至十三號同珍工業大廈B座十六樓八室
網址——www.whitepaper.com.hk
電郵——email@whitepaper.com.hk
發行——泛華發行代理有限公司
電郵——gccd@singtaonewscorp.com
承印——Ideastore(HK) Limited
版次——二〇二二年七月 初版
國際標準書號——978-988-74871-5-9

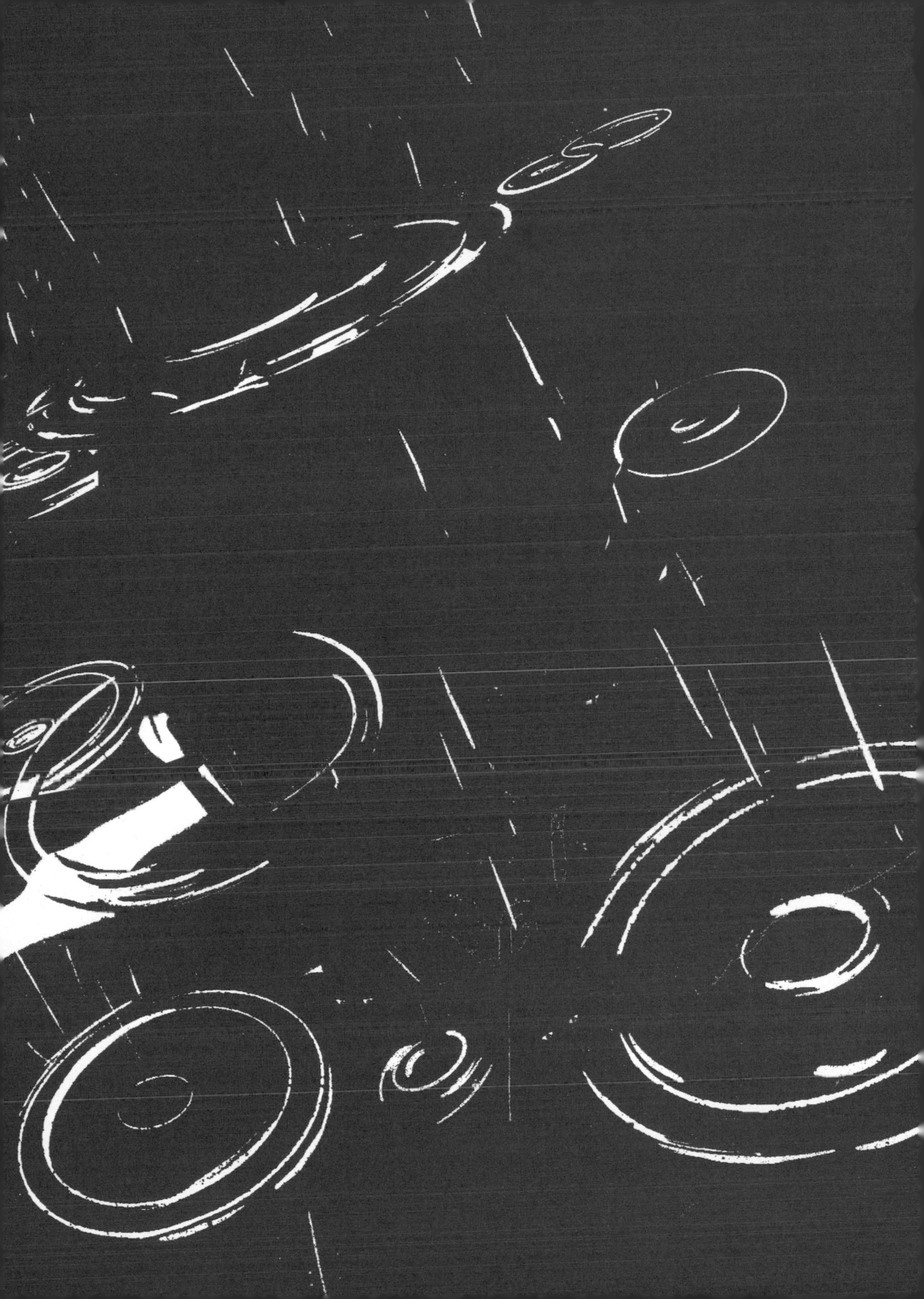